Dr Georges SAMNÉ, Bey
DE LA FACULTÉ DE MÉDECINE
DE PARIS
OFFICIER DU MEDJIDIÉ

LES INSUFFISANCES DE LA CROISSANCE

PARIS
Jules ROUSSET
RUE CASIMIR-DELAVIGNE
ET 12, RUE MONSIEUR-LE-PRINCE
(anciennement 36, rue Serpente)

1904

LES

INSUFFISANCES DE LA CROISSANCE

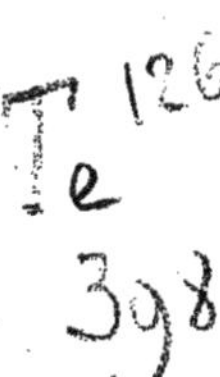

Dr Georges SAMNÉ, Bey
DE LA FACULTÉ DE MÉDECINE
DE PARIS
OFFICIER DU MEDJIDIÉ

LES INSUFFISANCES
DE LA
CROISSANCE

PARIS
Jules ROUSSET
RUE CASIMIR-DELAVIGNE
ET 12, RUE MONSIEUR-LE-PRINCE
(anciennement 36, rue Serpente)

1904

A MON CHER MAITRE A. CHARRIN

Professeur au Collège de France

Médecin des Hopitaux

Officier de la Légion d'Honneur

A MON PRÉSIDENT DE THÈSE

MONSIEUR LE PROFESSEUR DÉJERINE

Chevalier de la Légion d'Honneur

A MON CHER MAITRE Paul RECLUS

Professeur a la Faculté de Médecine

Membre de l'Académie de Médecine

Chevalier de la Légion d'Honneur

A MON CHER MAITRE A. DESGREZ

Professeur Agrégé a la Faculté de Médecine

Membre de la Société de Biologie

INTRODUCTION

Si on jette un coup d'œil rapide sur les auteurs qui se sont occupés des causes capables de retarder le développement de l'être vivant, on constate que, suivant les époques, ces auteurs ont incriminé l'influence de l'hérédité, le rôle des lésions des organes génito-urinaires, du tube digestif, de l'étroitesse des vaisseaux et plus près de nous ceux du corps thyroïde, de l'hypophyse et des capsules surrénales, etc. D'un autre côté, on a accusé l'intervention de la syphilis, de l'alcoolisme, de la tuberculose, d'une série de tares toxiques ou infectieuses.

A la lumière des données modernes, il n'est peut-être

pas sans intérêt de préciser l'exactitude ou l'inexactitude de telle ou telle des causes signalées : c'est ce que dans ce travail, en nous adressant soit à l'expérimentation soit à l'observation, nous nous efforcerons de faire.

CHAPITRE PREMIER

Troubles de croissance expérimentaux d'origine intestinale ou microbienne.

Des considérations basées sur la clinique ont porté notre Maître Charrin et M. Le Play à étudier l'action que les matières contenues dans le tube digestif peuvent avoir sur le développement de l'être vivant. Depuis longtemps, en effet, on a remarqué la fréquence des désordres gastro-intestinaux chez les nouveau-nés dont les augmentations de poids laissent à désirer (1) ; on a même attribué l'éclosion du nanisme ou du rachitisme, etc., à l'influence de la gastro-entérite

(1) La récente thèse de M. Jégourel résume, en partie, ces données (Paris, 1904).

chronique. De telles constatations n'ont, à priori, rien de surprenant, attendu que les substances destinées à l'entretien de l'organisme s'élaborent dans le tube digestif; par suite, et sans parler des matières d'origine microbienne ou morbifique quelconque, par simple déficit l'économie se trouve privée ou incomplètement pourvue des éléments nécessaires à son organisation.

Un des points les plus intéressants du problème n'est autre que le mécanisme mis en œuvre par les produits inclus dans le conduit alimentaire pour s'opposer à la régularité de ce développement de l'économie. Durant de longues années, quand il s'est agi de processus d'origine gastro-intestinale on a invoqué les pathogénies réflexes ; plus récemment, en particulier sous l'influence des études du Professeur Bouchard, on a fait intervenir la théorie toxique : c'est en se basant sur l'hypothèse de la mise en jeu de ces processus toxiques que MM. Charrin et Le Play ont poursuivi leurs recherches.

Chez une série de nouveau-nés, les uns bien portants, les autres malades, à la sortie ils ont recueilli des fécès. Après avoir dilué ces fécès dans quatre fois leur volume d'eau salée glycérinée, ils les ont soumis à des tyndallisations répétées, en moyenne à 58°.

Ces détails de techniques ont une importance considérable. Si, en effet, on stérilise ces produits par la chaleur, on s'expose à détruire toute une série de principes protéiques à fonctions diastasiques ; de même, quand on a recours à la filtration sur bougie ou sur porcelaine, les filtres retiennent une énorme proportion de matériaux organiques ; lorsqu'enfin on procède par extraits alcooliques, éthérés ou aqueux, on ne retire naturellement que les matériaux solubles dans les excipients utilisés. Il y a donc tout avantage à procéder en employant cette méthode des tyndallisations, attendu que de cette manière et tout en se débarrassant des germes infectieux, on fait agir la plus grande partie des substances contenues dans le tube digestif. On sait, en effet, qu'au-dessous de 57°, si certains produits sont altérés, ces produits sont peu nombreux. En somme, on voit que, suivant les conditions, on fait intervenir des composés variés ; aussi est-ce vraisemblablement à la diversité des techniques mises en jeu qu'en partie on doit attribuer la différence dans les résultats signalés.

Voici quelques-unes des expériences qui nous ont été communiquées par MM. Charrin et Le Play.

Exp. I. — Le 4 Juin 1903, à deux lapins (lapin I, pesant 325 grammes et lapin II, 315 grammes), on commence à injecter, sous la peau et à doses égales, d'abord 1 centimètre cube des matières intestinales en solution aqueuse. Toutefois, le premier animal reçoit des principes empruntés à des nourrissons chétifs souffrant de gastro-entérites chroniques, le second des substances puisées chez des rejetons sains. — Un lapin III, moins lourd (300 grammes) et appartenant à la même portée que I et II, sert de témoin, autrement dit, vit dans des conditions identiques sans subir aucune injection.

Le 7 Juin, on injecte également à ces deux lapins, I et II 1 centimètre cube ; le 10, on introduit 2 cent.

cub. ; le 13, 2, 5 ; le 16, le 19 et le 22, on élève les deux doses à 3 ; le 29 Juin et le 4 Juillet à 3, 5 ; le 7, le 11 et le 14, à 4. — Le 17 Juillet le lapin II succombe et le lapin I meurt le 1er août 1903.

Voici quelques-uns des poids enregistrés : le 29 Juin, le lapin I pesait 800 grammes, le lapin II 660 et le témoin, 955 ; par jour et dans l'ensemble, le premier avait donc augmenté de 10 grammes, le second de 14 et le troisième de 26. — Le 17 Juillet, ces poids respectifs marquaient, pour l'animal I, 985 grammes pour le II, 835 ; pour le III, 1300 ; en d'autres termes et par 24 heures, les gains de ces dix-huit derniers jours se sont en moyenne réduits, chez le lapin recevant des matériaux provenant de sujets malades, à 10 grammes, chez le lapin soumis à l'action des éléments recueillis auprès des enfants bien portants à 9 et chez le témoin à 19.

En définitive, les résultats constatés montrent que, chez les deux premiers animaux, l'activité de la croissance, à partir du début des injections, est plus faible que chez le troisième, pris comme terme de comparaison ; cette activité de croissance du lapin I, pendant le mois de juin, oscille entre les 4/5 et les 4/6 de celle du lapin III ; celle du II, tout d'abord un peu supérieure à 1/2, vers la fin devient inférieure à cette proportion.

Exp. II. — Le 29 juin 1903, comme dans l'Exp. I. dont cette Exp. II n'est pour ainsi dire que la répétition, on commence à injecter sous la peau de deux lapins IV et V de semblables doses de matières intestinales provenant, pour le IV, de nouveau-nés atteint de gastro-entérites chroniques, pour le V, d'enfants en santé. — Un lapin VI de la même portée sert de témoin.

Le 29 juin, on fait pénétrer 1 centimètre cube de ces solutions aqueuses; le 4 juillet, 1, 5; le 7, 2; le 11, le 14 et le 17, 3; le 25 et le 29, 3, 5; le 4 et le 8 août, 4; le 13 et le 18, 4, 5. — Dans la nuit de ce 18 août au 19, le lapin V périt, et le 24 du même mois le lapin IV succombe.

Si, de nouveau, nous comparons les marches de la croissance de chacun de ces animaux, nous reconnaissons que, durant les quatre premières semaines et par vingt-quatre heures, le lapin IV (poids initial 280 gr.) en moyenne a pris 9 grammes; le lapin V (qui pesait au début 300 gr.), 3 grammes, et le témoin (210 gr. le 29 juin) 14 grammes. Pendant les vingt jours suivants, ces augmentations quotidiennes tombent respectivement à 4, à 2, à 12; en d'autres termes, chez l'animal recevant des éléments empruntés à des malades, cette activité de la croissance a fléchi d'un peu plus de 1/2; chez le lapin V soumis à l'influence des fécès des rejetons normaux, cet abaissement a atteint les 3/4 pour n'être que de 1/7 chez le témoin VI. A la suite de ces injections, il semble que rapidement cette progression du poids marche vers zéro: l'insuffisance tend vers l'arrêt du développement, vers le nanisme. — Les différences de longueur des fémurs atteignent près d'un tiers.

Il y a lieu de remarquer que les expériences rapportées établissent que les substances nuisibles se rencontrent aussi bien dans le tube digestif de nourrissons relativement normaux que dans celui d'athrepsiques atteints de gastro-entérites chroniques. On peut, il est vrai, objecter que recueillis à l'anus les fécès ont perdu, chemin faisant, une partie de leurs principes actifs en particulier chez les nouveau-nés malades, c'est-à-dire chez ceux dont la muqueuse intestinale enflammée ou plus ou moins ulcérée offre une solution de continuité et se laisse aisément traverser par les produits enfermés dans son canal.

Pour juger de la valeur de cette remarque, les auteurs principalement chez des animaux porteurs d'entérite chronique expérimentale ont apprécié la toxicité du contenu directement puisé dans l'iléon soit chez ces entéritiques, soit chez des témoins; dans ces conditions c'est de l'iléon de ces témoins qu'habituellement on retire des substances qui parfois sont un peu moins offensives. Mais fréquemment la différence est minime; elle ne s'accentue que dans le cas de processus aigus et plus encore suraigus. Sous l'influence de ces processus, il y a en effet, formation de produits spécialement toxiques.

Il est du reste permis de faire observer que dans le conduit intestinal, quand l'affection est chronique, il peut s'établir entre les germes une sorte de concurrence vitale, quelquefois de véritables antagonismes qui contribuent à abaisser la toxicité; nul n'ignore qu'ordinairement, dans un bouillon de culture, l'activité toxique ou virulente, qui en général va tout d'abord croissant, à un moment donné devient stationnaire et diminue.

Dans une certaine mesure, il est permis de rapprocher des phénomènes qui se passent au sein de ces bouillons de culture, les processus microbiens qui se poursuivent dans le sein même de l'iléon.

Il importait de connaître l'action comparative sur l'organisme d'extraits prélevés ailleurs que dans le conduit intestinal. Injectant à des lapins de la même portée, d'une part du contenu intestinal, d'autre part de la macération du tissu hépatique de cobaye préparé suivant la même technique et dans les mêmes conditions. M. Le Play, dans le service de notre maître Charrin, a observé que, tandis que le sujet qui recevait de l'extrait de foie subissait un amaigrissement à peine marqué, l'animal qui recevait le contenu intestinal présentait une perte de poids deux à trois fois plus considérable ; ces expériences étaient faites en présence de témoins pris dans la même portée et vivant dans des conditions identiques.

Voici à titre de document les poids respectifs des trois lapins qui servaient à l'expérience ci-dessus :

I. — Lapin témoin	1150 gr.
II. — Lapin ayant reçu la macération de matière hépatique	1080 gr.
III. — Lapin ayant reçu du produit intestinal	450 gr.

II. — Expérience personnelle.

Après M. Le Play en renouvelant l'expérience suivant la même technique et dans les mêmes conditions, nous avons obtenu les mêmes résultats.

Le lapin témoin progressivement est arrivé à peser	1050 g..
Le lapin II ayant reçu du produit hépatique pesait	94) gr.
Le lapin III ayant reçu du produit intestinal pesait	410 gr.

Il est intéressant de faire remarquer que tandis que le lapin témoin, de même que le lapin porteur du produit hépatique, continuaient à se développer, les lapins recevant des matières intestinales à un moment donné ne se développaient plus : le poids de 450 dans l'expérience I et le poids de 410 dans notre expérience marquent pour eux l'apogée de leur croissance.

L'aspect même de ces lapins soumis à l'injection de matière intestinale avait son éloquence ; accroupis sur eux-mêmes avec des poils secs et friables, ils ressemblaient à de vrais nains, surtout comparativement à leurs frères (lapins témoins).

Les faits que nous allons rapporter montrent cependant que le contenu intestinal n'est pas seul capable d'exercer une action défavorable sur le développement. L'extension de cette propriété nocive à d'autres composés n'atténue nullement les effets de l'intervention des poisons intestinaux. Il y a plus : si au point de vue théorique, ce rôle des poisons intestinaux est incontestable, au point de vue pratique leur influence est considérable. Nombreux en effet sont les cas de gastro-entérite, surtout chez les nouveau-nés ; nombreuses, par conséquent, sont les circonstances propres à permettre à ces poisons d'exercer cette déplorable influence.

En somme, de ces diverses considérations, il résulte que, dans cette question, la pleine réalisation ou au contaire l'atténuation, l'absence d'accidents sont avant tout liées à l'intégrité anatomique ou fonctionnelle de la muqueuse intestinale. On sait, d'ailleurs, et nous insisterons sur ce point, que cette muqueuse est loin de se borner à constituer une protection passive, une simple barrière ; elle forme en réalité une glande étalée en surface, et nombre de principes en la traversant subissent des modifications qui, suivant la nature de ces principes et suivant les conditions, pour d'autres corps vont se poursuivre dans le foie.

L'origine microbienne de certains arrêts de développement n'est plus contestée à cette heure. De même les tares des générateurs sont aujourd'hui reconnues comme se trouvant parmi les causes capables de retarder le développement des rejetons. En effet, on ne compte plus les observations d'enfants athrepsiques issus de parents tuberculeux, syphilitiques ou alcooliques, etc. Nous avons observé au cours de notre éducation hospitalière des modifications évolutives survenues chez des rejetons issus d'ascendants tarés. Du reste l'expérience vient confirmer les faits démontrés par la seule observation.

En 1893, étudiant l'influence des toxines microbiennes sur la croissance, MM. A. Charrin et Gley, ont soumis à l'infection pyocyanique 8 lapins mâles et ont fait agir ces lapins sur 8 femelles infectées. Ils ont observé avec assez de fréquence la stérilité, la mise bas avant terme, la mortalité ; puis, des gestations menées à bien, ont donné naissance à des rejetons qui ont pu se développer dans des conditions normales. Ils ont répété ces expériences en soumettant les générateurs à des injections répétées de toxines tuberculeuses, diphtéritiques ou pyocyaniques. Dans plusieurs cas, ils ont observé des désordres qui rappellent les faits enregistrés dans l'histoire de la syphilis héréditaire, à savoir, à côté des nouveau-nés physiologiques, des absences de fécondation, des avortements, des malformations, des morts précoces, etc. etc.

Ces mêmes auteurs ont présenté à la *Société de Biologie* les squelettes de petits lapins issus de couples soumis à des injections de toxine ; le poids de ces lapins ne s'est pas élevé à plus de 900 — 1,000 grammes, inférieur de moitié à celui des nouveau-nés normaux de même âge. Chez ces animaux les diaphyses étaient épaisses, les épiphyses énormes, à peine soudées, les métatarsiens étaient renflés, les humérus et les os du segment des membres antérieurs offraient des torsions prononcées ; sur les côtes existaient des nodosités rappelant le chapelet rachitique. En outre, le bassin déformé, contourné, se serait défectueusement prêté à une mise bas normale.

Dans d'autres expériences, le poids de rejetons issus de mères malades n'atteint que le 5e ou le 6e de la normale.

CHAPITRE II

Influence des infections des générateurs sur la croissance. — Influence des gastro-entérites des nourrissons.

La valeur des expériences que nous avons à rapporter est d'autant précieuse que le résultat de ces expériences va être tout à fait conforme à ce que nous démontre la clinique.

On accuse depuis longtemps, en effet, l'influence des générateurs comme cause d'une série d'anomalies enregistrées chez les rejetons ; ces anomalies sont surtout fréquentes lorsque ces générateurs sont malades.

Notre maître Charrin, avec MM. Riche et Nobécourt, ont publié (1) les poids des nouveau-nés et issus de mères

Société de Biologie, 1er août 1897.

tuberculeuses. Chez trois de ces nouveau-nés, en particulier, l'accroissement a été singulièrement défectueux : l'un d'eux, pendant le premier mois, avait eu un gain de 3 gr. par jour ; chez le second, cette progression était plus accentuée ; chez le troisième, elle a été négative, l'enfant n'a cessé de maigrir.

Ces auteurs (2) ont dressé les courbes de croissance des nouveau-nés, en premier lieu de ceux dont les mères étaient saines, en second lieu de ceux provenant de femmes atteintes d'affections diverses. Les enfants choisis étaient tous nés à terme et élevés au sein par des nourrices dans les mêmes conditions.

Observation I

H..., né le 9 juillet 1895, d'une mère bien portante. A 9 jours il pèse 1450 gr.; à 23 jours, 3900 gr. Augmentation en 14 jours : 450 gr., soit par jour 32 gr.

Observation II

G..., né le 21 août 1895 d'une femme tuberculeuse ; à 9 jours il pèse 3850 ; à 23 jours, après quelques oscillations, son poids est resté le même. Augmentation par jour 0.

(2) *Société de Biologie*, 26 oct. 1895.

Observation III

J... (Robert), né le 18 juin ; mère bien portante. A 6 semaines pèse 4500 gr.; à 11 semaines 5500, augmentation en 5 semaines: 1000 gr., soit par jour 28 gr. 5.

Observation IV

R..., né le 24 février, d'une mère morte ultérieurement tuberculeuse. A 6 semaines pèse 3050 gr.; à 11 semaines, 3200 gr.; augmentation en 5 semaines 150 gr., soit par jour, 4 gr. 98.

Observation V

C..., né le 10 mai, d'une femme ayant eu un mois avant son accouchement un vaste phlegmon. A 6 semaines pèse 2750 gr.; à 11 semaines 2950 gr. Augmentation en 5 semaines : 200 gr., c'est-à-dire par jour 5 gr. 7.

Ces observations ont trait à un développement défectueux de rejetons issus de parents malades.

En plus des constatations de cette espèce, certaines de

nos observations personnelles enregistrent l'arrêt de la croissance chez des enfants atteints de gastro-entérite, arrêt de la croissance par auto-intoxication d'origine intestinale et sans le concours d'aucune influence héréditaire.

Observation I

(Personnelle).

Marie-Louise N..., née le 23 novembre 1903 avant terme.

Antécédents héréditaires : père mort tuberculeux à l'hôpital Cochin; mère soignée de la tuberculose salle Mauriceau à la Maternité ; a quitté cet établissement le 4 février 1904. L'enfant pesait à sa naissance 2900 et le lendemain 2790. Ce même jour, elle eut une diarrhée, on lui fit ingurgiter du bouillon dont voici la formule :

Carottes	200 gr.
Pommes de terre	200 gr.
Haricots	60 gr.
Pois sec	60 gr.
Navets	120 gr.

faire bouillir pendant 4 heures et ajouter

Farine de riz	300 gr.

pour 4 litres.

Le 2 décembre, la diarrhée disparaît et l'enfant est soumis au régime de l'allaitement par le lait stérilisé; 500-600 grammes par jour.

Décembre	Poids	Température
3	2775	
7	2725	
14	2825	36°—37°
18	2800	
19	2775	
20	2700	
22	2800	
25	2750	
27	2725	
6 janvier	2825	
10 mars	2850	
11	2830	
12	2890	38°,2—37°,2
16	2840	
17	2830	
18	2890	
19	2775	
20	2890	
24	2920	
25	2890	
26	2920	
29	3100	

Selles jaunes en moyenne 3 par jour.

Avril 1904	Poids	Température
1	3175	36°—37°
2	3000	
3	3080	
4	3250	
7	3200	
8	3175	
11	3025	
12	3340	
14	3330	
15	3250	
16	3475	
21	3740	
27		

Selles jaunes fétides — Alimentation : lait stérilisé 600-800 gr. par jour.

Observation II

(Personnelle).

Jeanne D... née le 22 avril 1904, en ville.

Père 41 ans, employé, bien portant; mère ménagère 29 ans, bien portante.

L'enfant présente de l'ictère.

Avril	Poids	Température	Alimentation au lait de femme
22	1900		
23	1920	36°,5	140
24	1920	38°	190

25	1900	36°,8	210
26	1900	»	220
27	1820	36°	220

Selles le 23 avril, noirâtres — le 24, 3 jaunes; 25, 3 jaunes; 26 avril, 3 selles jaunes.

Trouble dans le développement par intoxication hépatique.

Observation III

(Personnelle).

Yvonne O..., née le 19 mars 1904.

Père 40 ans bien portant. Mère couturière, 35 ans, bien portante. Opérée il y a 8 ans du col de l'utérus à Necker. Première grossesse, accouchement à 8 mois, enfant mort 15 jours après. Deuxième grossesse à terme, enfant mort à 2 mois. Troisième grossesse enfant bien portant âgé de 15 ans. Quatrième grossesse enfant âgé de 13 ans. Cinquième grossesse enfant de 5 ans. Sixième grossesse à terme, la mère a eu des hémorragies dans le cours de cette gestation.

Yvonne O... est alitée à la Crèche de la Maternité. A son entrée à l'hôpital elle présentait des vomissements après chaque tétée.

Mars	Poids	Temp.
21	1550 gr.	33,5
22	1600 gr.	36,5
23	1580 gr.	35,9
24	1625 gr.	35,5
25	1660 gr.	37,
26	1655 gr.	36,9
27	1650 gr.	39,3
28	1560 gr.	39,

Alimentation par le lait de femme.

21 mars, elle absorbe 140 gr., puis la quantité a varié de 250 gr. à 300 gr. Les selles au début (21 mars) nulles; 22 mars lavement; 23 mars et jours suivants, selles jaunes avec troubles gastro-intestinaux. Le 27 mars, les vomissements disparurent, l'enfant prend 240 gr. de lait de femme par jour et a trois selles jaunes; son poids laisse à désirer.

Observation IV

(Personnelle)

Léonie H., née à 8 mois et demi, le 27 février 1904, présenta de la mammite. Régime d'alimentation, lait de femme. Le 11 mars, l'enfant entra à la Crèche de la Maternité.

Mars	Poids	Temp.
11	2150 gr.	
12	2220 gr.	37,5
17	2250 gr.	
21	2300 gr.	
27	2380 gr.	
30	2400 gr.	
31	2340 gr.	
5 avril	2400 gr.	
8	2420 gr.	24 avril, 38°4
13	2240 gr.	
15	2400 gr.	
18	2500 gr.	
19	2460 gr.	
20	2500 gr.	
24	2460 gr.	

30 mars, l'enfant tousse ; on lui applique un sinapisme ; 5 avril, va mieux ; le 13 avril, selles vertes ; le 15 avril, selles jaunes. Ce jour-là l'enfant absorbe 400 gr. de lait ; le 19, selles vertes ; le lendemain, selles jaunes ; le 20, 500 gr. de lait ; le 23, selles vertes avec élévation de la température. Au siège, il présente un erythème.

Observation V

(Personnelle)

Henri F..., né le 15 avril en ville, père bien portant, 43 ans ; mère 21 ans, soignée à la Salpêtrière pour hémiplégie du côté droit ; dans son bas-âge la mère eut des convulsions et fut atteinte de la chorée. Elle eut une première grossesse, enfant bien portant âgé de 20 mois.

Cette deuxième grossesse donne un enfant du sexe masculin présentant une spina bifida et un pied bot.

Dates	Poids	Températures
16 avril	2550 gr.	36°
17	2450 gr.	35,8
22	2430 gr.	36,2
23	2340 gr.	35
27	2220 gr.	36

Le 16 avril, l'enfant présentait un œdème généralisé, et le 21, on cordon tombe, il est noir et d'une odeur fétide ; les selles sont jaunes. Il est alimenté au lait de femme, 240 gr. par jour.

De plus, MM. Levaditi et Paris ont observé un cas de septicémie streptococcique qui a déterminé la mort d'un nouveau-né fils de cancéreuse. Voici l'histoire clinique de ce cas :

La mère, âgée de 40 ans, a eu trois grossesses antérieures normales. En 1897, elle a été opérée pour un cancer du sein gauche ; la tumeur a récidivé, en 1898, pendant une nouvelle grossesse : le volume du néoplasme a augmenté à cette époque très rapidement ; la tumeur s'est généralisée aux ganglions soit axillaires, soit cervicaux ; elle a déterminé un état cachectique très prononcé ; dans cet état, la malade a accouché normalement le 26 février 1899.

L'enfant né à terme, pèse 2.500 grammes ; sa longueur mesure 43 centimètres ; son état général est bon ; toutefois, peu de temps après, on constate une série de particularités.

Sa température oscille de 3 au 14 mars, entre 33° et 30°.8 ; à cette date on remarque une éruption de vésico-pustules à la face et au cou, coincidant avec une légère élévation thermique relative (36°).

A partir de ce moment le thermomètre descend d'une manière continue pour atteindre, la veille de la mort, 27°8.

La diminution de poids se poursuit assez régulièrement, oscillant entre 15 et 20 grammes par 24 heures : le dernier jour (4 avril 1899), cet enfant pèse 1.680 grammes, soit une perte totale de 620 grammes.

Durant toute sa vie (37 jours), ce nouveau-né n'a présenté aucun autre trouble morbide appréciable, en dehors de cet amaigrissement et de cette hypothermie.

Nécropsie. — Pas de lésions macroscopiques ; on constate une diminution notable du poids des divers organes, surtout du foie qui pèse 68 grammes.

Examen histo-bactériologique du foie.

A un faible grossissement, on voit que les trabécules hépatiques sont plus grêles, les cellules ont un corps protoplasmique contracté, mal coloré ; leur contour est en partie effacé ; les noyaux sont vésiculeux, se colorent faiblement ; à un plus fort grossissement, on constate à l'intérieur du protoplasma périnucléaire des granulations pigmentaires brunes, verdâtres. Les capillaires sanguins dilatés compriment les travées et par places sont rompus, formant des petits foyers hémorragiques ; à ce niveau les cellules hépatiques sont atteintes d'intumescence trouble. A l'intérieur de ces capillaires, on aperçoit des globules rouges mal conservés, mélangés à des granulations de pigment.

Quand on colore les coupes d'après le procédé de Heigert ou d'après celui de Gram-Grüber, on est surpris de constater que presque tous ces vaisseaux sont remplis par des touffes de streptocoques, qui se présentent sous la forme de très longues chaînettes ondulées, intimement enchevêtrées, de façon à constituer de vrais bouchons, capables par places, d'obstruer ces capillaires. Quelquefois les microbes pénètrent dans les espaces intercellulaires, mais jamais nous n'avons constaté leur présence à l'intérieur du protoplasma hépatique ; au contraire, quelques rares leucocytes offrent des figures de phagocytose.

La matière pigmentaire est de nature ferrique ; comme l'indique sa coloration en bleu par le ferrocyanure de potassium et l'acide chlorhydrique ; elle représente une exagération, probablement par un mécanisme d'hématolyse, de la pigmentation qu'on trouve à l'état normal dans le foie des nouveau-nés.

Le sein est légèrement altéré ; les épithéliums des tubuli sont tuméfiés, troubles ; on découvre de nombreux streptocoques à l'intérieur des glomérules et des capillaires radiaires.

Au sein des autres organes, on décèle le même développement parasitaire dans les vaisseaux sanguins.

On est donc en droit de conclure, de par cet examen histologique, qu'on se trouve en présence d'une infection générale streptococcique avec localisation prédominante dans le foie : cet organe est le plus atteint au point de vue de son état anatomique comme le plus riche en zooglées microbiennes.

Dans ce cas, l'hypothermie agit à titre de cause prédisposante à l'infection ; elle a préparé un terrain débile sur lequel le streptocoque a évolué.

Ces faits d'hypothermie ne sont pas rares en effet chez les nouveau-nés débiles.

On a aussi observé l'abaissement de la température chez les descendants de cancéreux, de tuberculeux, et même de brightiques.

D'autre part, MM. Charrin et Natan-Larrier ont publié l'observation que voici :

Au septième mois d'une première grossesse, une femme de dix-neuf ans a été atteinte d'une fièvre typhoïde nettement caractérisée par les taches rosées, par l'ensemble des symptômes, plus encore à l'autopsie par la constatation des ulcérations intestinales.

En dépit de la méthode de Brandt appliquée avec soin, on a eu les plus grandes peines à faire fléchir une hyperthermie qui, durant douze jours, s'est maintenue aux environs de 40°. Vers la fin du troisième septénaire, l'accouchement s'est produit brusquement : quelques heures après, la mère succombait à une syncope cardiaque.

L'enfant pesait 1,120 grammes ; sa peau offrait une teinte jaune, sans ictère vrai, sa température centrale oscillait entre 34°3 et 33°8 ; le rayonnement au calorimètre, mesuré dans notre service par Banniot, donnait 5 au lieu de 7, de 9 ; aussi ce rejeton n'a-t-il survécu que deux journées.

En raison de conditions spéciales, on a pu examiner les tissus conservés dans la glacière moins de dix heures après la mort ; on a décelé une série de lésions, en particulier du côté du foie.

Le myocarde a paru mou, flasque, décoloré, tandis que les reins étaient congestionnés.

Le foie, volumineux, pâle, s'est révélé légèrement onctueux au toucher. Au microscope, on a découvert, dans les espaces intertrabiculaires des globules blancs, des cellules de Kupfer, renfermant des granulations graisseuses. Quelques éléments hépatiques ont semblé volumineux ; un petit nombre a offert un contenu clair, à travées fines, ne prenant pas l'eosine ; dans quelques autres on décelait des grains de pigment, des vacuoles plus ou moins étendues, ne laissant çà et là qu'une étroite bande de protoplasme. Les espaces portes étant normaux, cette observation nous offre le spectacle d'un arrêt de développement survenu chez le rejeton d'un générateur infecté.

Il serait banal de reproduire les observations par défaut de la croissance chez de nouveau-nés provenant de parents syphilitiques. Dans l'espèce, les exemples sont trop connus et trop nombreux. Il n'en est pas de même des cas de l'insuffisance de la croissance d'origine intestinale et chez des nouveau-nés porteurs de gastro-entérite chronique, il nous a été cependant donné d'en observer quelques-uns dans le service de notre maître Charrin, à la Maternité. Chez ces nouveau-nés atteints de troubles intestinaux nous n'avons relevé aucune tare héréditaire et le développement subissait ainsi l'influence d'une autointoxication occasionnée par les poisons intestinaux.

Nombre de cas d'athrepsie avec arrêt du développement constaté par les auteurs chez des nouveau-nés comme étant survenu à la suite de causes indirectes, ne sont autres que des observations de défaut de croissance chez des porteurs de muqueuses intestinales altérées ou insuffisamment défendues pour s'opposer à l'entrée dans la circulation des poisons qui vont influencer le jeu normal de nos cellules et, partant, retarder le développement de notre être.

CHAPITRE III

Mécanisme des troubles de la croissance sous l'influence des intoxications ou des infections d'ordre expérimental ou clinique.

Au commencement de l'ère pasteurienne, le microbe était considéré comme l'agent initial de la maladie. Depuis on s'est aperçu que les modifications du terrain, les prédispositions, l'opportunité et surtout la diminution de nos propres défenses, jouaient le rôle le plus grand dans l'histoire des maladies infectieuses. L'intervention de l'agent figuré dans la genèse de ces affections est insuffisante. Les causes favorisantes, que nous venons de signaler, sont pour ainsi dire indispensables à son évolution.

Plus nous pénétrons les phénomènes de la vie de notre cellule, plus nous précisons le rôle et la position respectifs des deux adversaires, microbe et phagocyte, dans leur lutte constante, et plus nous apparaît la nécessité de l'intégrité de notre organisme, seul facteur, devant nous assurer la victoire. En effet, nos divers organes sont défendus ; sur toute sa superficie, l'être vivant est gardé contre l'envahissement du germe infectieux par une défense fixe constituée par nos glandes de toutes sortes ; une autre défense mobile représentée par nos phagocytes concourent activement à notre sécurité. Ainsi, normalement, l'organisme triomphe de l'agent figuré ; les microbes de toutes nuances qui traversent notre tube digestif, qui peuvent longtemps séjourner sur nos différentes muqueuses ou qui parfois même deviennent les hôtes de certains de nos organes, souvent n'influencent nullement par leur présence le jeu régulier de nos appareils ; ils sont détruits au fur et à mesure par nos phagocytes et leurs toxins sont neutralisés par nos humeurs. Que l'un ou l'autre de nos deux défenses, fixe ou mobile, ne réponde pas un instant à la hauteur de la tâche ou que des germes plus virulents viennent renforcer notre ennemi et réduire nos phagocytes, tel que cela a lieu dans les épidémies, et nous devenons le champ de culture toujours désiré.

A coup sûr, la plus importante de ces deux défenses est la défense fixe, représentée, par exemple dans le tube digestif, par notre muqueuse intestinale. Les expériences de notre Maître Charrin que nous rapportons plus haut, celles de Tedeschi, d'autres encore jointes à nos observations personnelles démontrent suffisamment quelle part nous devons attacher à l'intégrité de cette muqueuse intestinale dans le développement régulier de l'être vivant.

Les poisons intestinaux manifestent leur action sur le foie par une dégénérescence cellulaire de cet organe, par l'apparition d'hémorragies interstitielles et une dislocation des cylindres de Rémak. Le foie ainsi dégénéré perd totalement ou en partie la propriété qu'il a de produire les matières hydro-carbonées propres à l'alimentation de nos tissus ; par suite, on comprend aisément que notre économie privée de ces matériaux va les emprunter à nos propres cellules, et cela au détriment de leur intégrité. Il est du plus grand intérêt de savoir que toutes les fois qu'un organe est lésé, cette lésion va se traduire par un trouble dans la nutrition.

Les méfaits des poisons intestinaux sur le rein ne sont pas moins désastreux. A l'examen histologique des reins d'animaux ayant reçu ces poisons, M. Le Play a observé des extravasations sanguines accompagnées d'altérations cellulaires. Cette insuffisance rénale n'est pas assurément faite pour favoriser la croissance ; bien au contraire, la rétention des corps non éliminés ajoute une nouvelle intoxication à celle qui, due aux produits nuisibles du conduit alimentaire, existe déjà.

L'influence nocive des poisons intestinaux sur les hématies est incontestable ; Freymuth, Krasnow, Charrin, Bloch et Faber, etc., ont observé l'altération des globules chez les animaux qui ont reçu des composés intestinaux et ont particulièrement constaté la diminution de la valeur globulaire.

Dans l'espèce, l'hématie est anémiée ; le fait est établi

par l'examen histologique des animaux dont nous rapportons les expériences dans notre premier chapitre. Par conséquent, le globule détérioré par l'action des poisons n'utilise pas ou du moins utilise mal l'oxygène. Or nous savons la part importante de ce gaz dans le développement de l'organisme; nombreux sont les cas d'enfants dont la croissance laissait à désirer en raison de la présence chez eux de végétations adénoïdes, s'opposant à la libre entrée de l'oxygène dans les voies respiratoires. Après avoir fait pratiquer l'ablation de ces végétations, on a fréquemment pu constater la reprise de la croissance chez ces jeunes êtres. C'est que, l'oxygène étant un des matériaux les plus indispensables à l'édification de notre système, on n'est pas étonné que son défaut arrête la croissance. Les propriétés qualitatives et quantitatives des hématies, en d'autres termes la richesse du liquide circulatoire en globules et la valeur de ces globules en hémoglobine importent au plus haut point à l'activité de la croissance. Or les globules rouges de 4,150,000 s'abaissent à 3,000,000 et quelquefois au-dessous ; le taux de l'hémoglobine de 0,14 tombe à 0,12 et 0,10. D'autre part, les altérations dans la forme des hématies sont accentuées et nombreuses; en revanche, les globules blancs sont, en général, en nombre normal. — Il est intéressant de remarquer que ces constatations de même que celles notées par Krasnow et par Borodouline sont en parfait accord avec les observations cliniques de Comby chez les nourrissons dyspeptiques, de Gravitz, et de Strauss dans divers cas d'anémie pernicieuse, etc.

Du côté du squelette, les expériences de Spillmann démontrent la réalité d'altérations provoquées par les poisons du contenu intestinal : chez nos animaux, plus d'une fois ces lésions squelettiques ont paru indiscutables. Fréquemment, les différences de longueur entre les os des témoins et ceux des injectés se sont montrées évidentes. On a, en outre, noté des courbures exagérées plus communes sur les fémurs, des tubérosités plus considérables notamment au niveau des côtes. Deux des squelettes des animaux en expérience, l'un témoin et l'autre injecté, ont été présentés au Cours de Pathologie générale du Collège de France (Conférence du mardi 25 avril 1904); le second avait des os si courts que de la plus haute des estrades de l'amphithéâtre le public pouvait se rendre compte de ces anomalies. En s'approchant on remarquait aussi des nodosités, particulièrement au niveau des côtes du squelette mal développé. Haushalter et Spillmann avaient déjà signalé des lésions analogues, mais moins accentuées, il est vrai, que dans les expériences présentes. Nous avons dit que ces différences pouvaient tenir à la diversité des techniques employées.

L'examen histologique de notre lapin (Exp. II personnelle p. 14), celui des expériences antérieures de Charrin et Le Play, etc., tous sont concordants ; on y relève partout des os atrophiés plus petits chez les injectés que chez les témoins, os pâles, grisâtres, friables, dont la moelle est rouge ; de plus, on constate les courbures et des tubérosités osseuses semblables à celles que nous avons signalées.

On observe, également, des foyers de congestion dans les poumons, le corps thyroïde, le système nerveux, etc. A ce sujet, il est bon de rappeller le rôle du poumon, comme organe au niveau duquel se fait l'oxygénation du sang, car nous avons vu quelle part importante prend ce gaz à notre croissance.

Passons au corps thyroïde. — Charrin avait déjà indiqué (Société de Biologie, 1899) que chez des nouveau-nés issus de mères malades et cachectisés eux-mêmes par divers processus, assez souvent le corps thyroïde offre des modifications de structure; d'autre part, si normalement l'extrait thyroïdien injecté sous la peau provoque, en général, un amaigrissement marqué, sous l'influence de certains états pathologiques ces injections entraînent parfois des variations de poids nulles ou insignifiantes.

C'est surtout l'iode qui préside aux phénomènes qui se passent au sein de cet organe ; chez les athrepsiques, la teneur de ce corps thyroïde en cette substance varie assez fréquemment au point que cet élément iodé peut faire complètement défaut. Or, parmi les causes multiples propres à modifier les proportions de cette substance, les maladies de la mère et de l'enfant semblent tenir une place des plus importantes. Quand le rejeton est fils d'une alcoolique, d'une typhique, d'une paludéenne, d'une tuberculeuse ou d'une femme près du terme et en pleine infection ou intoxication, quand ce rejeton lui-même a été cachectisé par différents processus, particulièrement par la gastro-entérite, on observe, d'après cet auteur et Bourcet, la diminution ou l'absence de cet iode thyroïdien. Inversement, lorsqu'il n'existe aucune tare maternelle, lorsque le nouveau-né est bien constitué, on rencontre ordinairement dans cette glande cervicale, des quantités dosables de ce principe spécifique. Remarquons que la présence de cet élement iodé chez des rejetons syphilitiques, quand la mère est soumise au traitement ioduré, est fatale. Ces influences pathologiques paraissent donc incontestables et tendent à faire disparaître complètement l'iode ; ce corps thyroïde exerçant, en partie, grâce à cet élément une action manifeste sur le développement de l'organisme, son intégrité a donc pour nous une importance facile à saisir, surtout chez les sujets dont l'évolution laissait déjà à désirer.

Les expériences et les observations démontrent, depuis fort longtemps déjà, l'influence de cet organe sur la nutrition ; de nos jours, l'injection thyroïdienne a été utilisée dans le traitement des fractures. L'organisme qui reçoit cette matière subit une activité nutritive considérable, qui se traduit par les variations de composition de l'élimination rénale et par l'amaigrissement.

Sous l'action nocive des poisons du tube digestif, les organes génitaux subissent des modifications plus ou moins accusées. Nous savons encore ici combien sont fâcheuses les altérations de ces organes au point de vue du développement de l'organisme. L'histoire des eunuques est saisissante à ce propos ; quelques-uns ont pu observer *de visu* ces privilégiés de harem ; d'autres peuvent connaître le type de ces castrés par les nombreuses descriptions faites, un peu partout, dans les livres littéraires ou scientifiques. On remarque chez ces sujets un embonpoint considérable ; ils font de la dégénérescence ou mieux de la surcharge graisseuse. La castration a produit chez cette catégorie d'individus un trouble de nutrition très apparent. En Europe, la chirurgie moderne a réalisé ce type de dégénérescence graisseuse chez les femmes qui ont subi l'ovariotomie. D'autres faits établissent l'influence des organes génitaux sur les échanges. Le Dr Nérès présentait à l'Académie de Médecine une femme guérie d'une tumeur maligne du sein gauche à la suite de l'ablation des ovaires. Or, on a noté une certaine dégénérescence de ces organes chez les animaux qui ont reçu le poison intestinal.

Le système nerveux n'est pas épargné et on peut observer des hémorragies au niveau du bulbe. Il serait superflu de rappeler les troubles trophiques et les maladies que l'on observe en clinique et qui ont pour origine une altération nerveuse. — Le cœur subit aussi l'action nocive des poisons intestinaux ; — une hypertrophie plus ou moins marquée du ventricule gauche, une sorte de myocardite d'origine microbienne souvent se développent. — On enregistre également des altérations de la peau et des poils, qui deviennent mats, ternes, sans vitalité. — En somme, les lésions anatomo-pathologiques, que produisent les poisons du canal alimentaire par leur passage dans le torrent circulatoire, sont nombreuses et variées.

CONCLUSIONS

Ainsi l'altération et à plus forte raison la dégénérescence de l'un de nos organes ; foie, rein, poumon, cœur, organes génitaux, corps tyroïde, système nerveux, a une répercussion fâcheuse sur notre nutrition. Or les poisons intestinaux, ainsi que nous venons de le démontrer, exercent une action des plus nocives sur ces appareils. Aussi comprend-on facilement les défauts d'accroissement chez les athrepsiques et chez les nouveau-nés porteurs de gastro-entérites chroniques. Parrot a tracé dans un tableau inimitable l'histoire clinique de l'athrepsie. Les enfants atteints de cette affection pèsent souvent moins de la moitié du poids normal; les lésions de leur tube digestif et des glandes annexes sont si profondes qu'elles sont irréparables; les aliments quels qu'ils soient, lait de vache, lait d'ânesse et même lait de femme, ne sont plus utilisés physiologiquement. C'est la forme la plus grave de l'athrepsie, et il existe tous les intermédiaires depuis la gastro-entérite banale jusqu'au dernier stade de la cachexie infantile.

Il n'en est pas moins vrai que toute fissure, toute altération de la muqueuse intestinale permet le passage des poisons qui vont exercer sur nos organes leur action nocive. Cette auto-intoxication est proportionnelle bien entendu aux lésions de la muqueuse. Il nous importe de savoir que le tube digestif contient normalement et à chaque instant, chez un sujet sain aussi bien que chez un sujet malade, plus de poison qu'il n'en faut pour provoquer dans les organes une série de changements et modifier notre croissance.

Si, chez certains sujets le développement se poursuit régulièrement, c'est que la muqueuse intestinale, conservant dans toute son étendue son intégrité, elle empêche par conséquent le passage des poisons dans le liquide circulatoire.

Ce rôle de la muqueuse intestinale doit être envisagé avec le plus grand intérêt, d'autant plus que par leurs humeurs les glandes digestives semblent avoir des propriétés neutralisantes ou métamorphosantes sur les poisons du canal alimentaire.

On ne doit plus actuellement, considérer la muqueuse intestinale comme un simple revêtement du tube digestif, mais comme une véritable défense de l'organisme, dont l'intégrité intéresse au plus haut point l'état de santé de l'être vivant.

Des études en cours, des expériences inédites viendront préciser le problème et étendre ces vues.

Paris. — Imprimerie de l'Institut de Bibliographie. — v-1904. — N° 1509

www.ingramcontent.com/pod-product-compliance
Ingram Content Group UK Ltd.
Pitfield, Milton Keynes, MK11 3LW, UK
UKHW021520260726
13993UKWH00004B/1783

9 782329 146690